SYSTÈME
ÉCONOMIQUE.

PAR M. D. L. G.

TOME XX.

PARIS,

A. PIHAN DE LA FOREST,

IMPRIMEUR DE LA COUR DE CASSATION,
RUE DES NOYERS, N° 37.
1834.

TABLE

FIN DE LA TABLE.

DU SUBSIDE,

SELON

MONTESQUIEU, NECKER, SMITH,

ETC., ETC., ETC.

> Le nécessaire physique, ne doit pas être taxé..... L'utile doit être taxé, mais moins que le superflu. (*Montesquieu.*)
>
> La meilleure répartition des charges, serait celle qui affranchirait tous ceux qui n'ont que le nécessaire. (*M. Humann*, 1832.)

PARIS,

A. PIHAN DELAFOREST,

IMPRIMEUR DE LA COUR DE CASSATION,

Rue des Noyers, n° 37.

1832.

Il n'y a malheureusement aucun doute sur la nature et sur les effets de l'impôt du sel, le plus onéreux et le plus intolérable de tous. Tout le monde est d'accord sur l'énorme part qu'il a dans la consommation des cultivateurs. Tandis que la contribution personnelle produit 20 millions, l'impôt du sel en produit plus de 60. Il forme ainsi une capitation triple de la première, qui frappe sur le peuple, principalement sur le peuple des campagnes, plus pauvre que celui des villes. (*M. Laffitte*, 15 juillet 1829.)

Ma première pensée était, s'il n'y avait pas d'autre moyen, de soulager les contribuables, de voter non-seulement l'annulation des 40 millions, mais encore de demander la suspension de l'amortissement tout entier....

Je suis convaincu que le poids des impôts qui pèsent sur le peuple, est intolérable, et qu'il faut faire tous ses efforts pour le diminuer....

Il faudrait diminuer les taxes qui pèsent sur les classes pauvres, plus que sur les riches. Je ne m'inquièterais pas d'une réduction de 40 à 50 millions, s'il le faut....

Ne cherchez pas à aligner vos recettes et vos dépenses : ce ne sera pas autre chose que 40 ou 50 millions à emprunter...

Je finis par où j'ai commencé : et je dis qu'il faut nécessairement diminuer les impôts qui sont intolérables ; qu'il faut soulager le présent, en mettant une charge légère sur l'avenir. (*M. Laffitle*, 27 janvier 1832.)

Quand la nature vient nous affliger, tout ce que le bien-être général dissimulait, est senti à la fois. C'est alors que les budgets accablent, que les impôts mal assis sont imputés à crime, et qu'on expie justement, l'insouciance qu'on a mise à corriger les abus...... La leçon est terrible : mais n'est-elle pas méritée ? (*M. Laffite*, premier juin 1829.)

Ministres, députés, journalistes, vous avez bien raison.

Gens en pouvoir, en crédit, en renom, comment iriez-vous consumer quelques instans de votre précieuse vie, consacrer quelques efforts de votre puissant génie, à examiner et méditer l'œuvre à peine ébauchée du plus triste homme qu'il y ait, en fait de style et de méthode, surtout en fait d'intrigue et d'artifice.

. A-t-il tort ? la peine serait perdue : c'est déja si palpable, si manifeste à vos sens du moins, que la raison est de votre bord. Toute preuve nouvelle est plus que superflue.

A-t-il raison ? de même la peine serait perdue : qui donc peut être tenté de se juger et se blâmer, de se repentir et se corriger ? un tel exemple n'a pas été donné depuis 40 ans.

Eh bien, ne lisez pas : surtout n'agissez pas.

Peut-être l'équité et l'humanité seraient enfin exaucées : peut-être la prospérité et la sécurité seraient ainsi garanties.

Fadaises, sornettes !

Au fond, au fait, qu'y a-t-il donc ? rien que vos seules personnes, à porter ou à garder au faîte, à combler de graces et de richesses, à servir en tout point, par toute voie.

Et certes, cela ne manque pas.

Le pauvre écrivain n'a qu'à se taire; non sans se demander excuse à lui-même, d'avoir tenté à grand'peine, à grands frais, l'entreprise la plus malencontreuse.

Mais s'il se résoud à se taire, faut-il aussi qu'il se résigne à faire taire tant de publicistes et d'économistes célèbres ; dont, à vrai dire, ses pamphlets n'offrent que le commentaire rigoureux, seulement approprié aux circonstances nouvelles.

Faut-il qu'en ce siècle rénovateur et progresseur, il se défie assez des esprits, pour craindre qu'on ne puisse entendre, et des caractères, pour craindre qu'on ne veuille pas écouter, les paroles de Montesquieu et Necker, de Mallet et Beaumont, de Smith et Sismondi.

Tous, sauf le dernier, représentans bien famés du 18ᵉ siècle, et serviteurs affidés de la monarchie, et même auxiliaires dévoués de l'aristocratie.

Ils ont parlé : et, chose infiniment remarquable, telle est pour les êtres doués d'âme et de sens, la toute-puissance du juste, de l'utile, que leur pensée ou plutôt leur sentiment intime s'est exhalé comme à leur insçu ; sans apercevoir, sans apprécier comment le blâme et le risque devaient en découler.

Ils ont parlé, inspirés par la conscience ; ils auraient agi, investis de la puissance.

C'est à voir si ceux qui ont maintenant la puissance, ont encore une conscience ;

C'est à voir si les conséquences de ce qui est, seront enfin admises, agréées à titre de principes ; après que des principes contrastans avec ce qui était, ont été proclamés en dépit des périlleuses conséquences.

C'est à voir, si la révolution vît dans les cœurs, comme dans les têtes ; si, en ce qu'elle a de bon, elle est à peu près vraie ; alors qu'en ce qu'elle a de mauvais, elle est tant et tant vraie.

C'est à voir enfin, si la révolution doit tourner en une rénovation progressive, ou en une subversion finale ; car en politique surtout, au crime sa peine.

MONTESQUIEU.

Dire qu'il n'y a rien de juste ni d'injuste, que ce qu'ordonnent ou défendent les lois positives ; c'est dire qu'avant qu'on eût tracé de cercle, tous les rayons n'étaient pas égaux...

Avant toutes les lois, sont celles de la nature; ainsi nommées parce qu'elles dérivent uniquement de la constitution de notre être. Pour les connaître bien, il faut considérer un homme, avant l'établissement des sociétés. (Liv. 1er, ch. 1 et 2).

Sitôt que les hommes sont en société, l'égalité qui était entre eux cesse, et l'état de guerre commence.

Chaque société particulière vient à sentir sa force : ce qui produit un état de guerre de nation à nation. Les particuliers dans chaque société, commencent à sentir leur force; *ils cherchent à tourner en leur faveur les principaux avantages de cette société;* ce qui fait entre eux un état de guerre. (Liv. 1er, ch. 3).

. . . .

Ce n'est point à ce que le peuple peut donner, qu'il faut mesurer les revenus publics; mais à ce qu'il doit donner; et si on les mesure à ce qu'il peut donner, il faut que ce soit du moins à ce qu'il peut toujours donner. (Liv. 13, ch. 2).

Dans l'impôt de la personne , *la proportion injuste serait celle qui suivrait exactement la proportion des biens.* On avait divisé à Athènes les citoyens en quatre classes : ceux qui retiraient de leurs biens cinq cents mesures de fruits, payaient un talent; ceux qui en retiraient trois cents mesures devaient un demi-talent; ceux qui avaient deux cents mesures payaient la sixième partie d'un talent; ceux de la quatrième classe ne donnaient rien. *La taxe était juste, quoiqu'elle ne fût pas proportionnelle :* si elle ne suivait pas la proportion des biens, *elle suivait la proportion des besoins.* On jugea que chacun avait un *nécessaire physique égal , que ce nécessaire physique ne devait point être taxé ;* que l'utile venait ensuite, et qu'il devait être taxé , mais moins que le superflu ; que la grandeur de la taxe sur le superflu, empêchait le superflu. (Liv. 13, ch. 7).

Si l'Etat proportionne sa fortune à celle des particuliers, l'aisance des particuliers fera bientôt monter sa fortune. Tout dépend du moment ; l'Etat commencera-t-il par *appauvrir les sujets pour s'enrichir ?* Ou attendra-t-il que des sujets à leur aise, l'enrichissent? Aura-t-il le premier avantage ? ou le second? *Commencera-t-il par être riche ou finira-t-il par l'être ?* (Liv. 13, ch. 7).

Pour que le prix de la chose et le droit puissent se confondre dans la tête de celui qui paie , il faut qu'il y ait quelque rapport entre la marchandise et l'impôt ; et que, sur une denrée de peu de valeur, on ne mette pas un droit excessif. Il y a des pays où le droit excède de dix-sept fois la valeur de la marchandise. Pour lors le prince ôte l'illusion à ses sujets ; ils voient qu'ils sont conduits d'une manière qui n'est pas raisonnable, *ce qui leur fait sentir leur servitude au dernier point.* (Liv. 3, ch. 8).

. . . .

Supposant le nécessaire physique, égal à une somme donnée, le luxe de ceux qui n'auront que le nécessaire, sera égal à *zéro ;* celui qui aura le double, aura un luxe égal à un ; celui qui aura le double du bien de ce dernier, aura un luxe égal à trois ; quand on aura encore le double, on aura un luxe égal à sept ; de sorte que le bien du particulier qui suit, étant toujours supposé double de celui du précédent, le luxe croîtra du double plus une unité, dans cette progression, 0, 1, 3, 7, 15, 31, 63, 127. (Liv. 7, ch. 1.).

Comme par la constitution des monarchies, les richesses y sont inégalement partagées, il faut bien qu'il y ait du luxe. Si les riches n'y dépensent pas beaucoup, les pauvres mourront de faim. Il faut même que les riches y dépensent à proportion de l'inégalité des fortunes ; et que, comme nous avons dit, le luxe y augmente dans cette proportion. *Les richesses particulières n'ont augmenté que parce qu'elles ont ôté à une partie des citoyens le nécessaire physique ; il faut donc qu'il leur soit rendu.* (Liv. 7, ch. 4).

Voilà l'esprit des belles ordonnances des empereurs chinois : « Nos anciens, *dit un empereur de la famille de Tang*, tenaient pour maxime que s'il y avait un homme qui ne labourât point, ou une femme qui ne s'occupât point à filer, quelqu'un souffrait le froid ou la faim dans l'empire.... »

« Notre luxe est si grand, dit *Kiayventi*, que
« l'ouvrier orne de broderies les souliers des jeu-
« nes garçons et des filles. » Tant d'hommes étant occupés à faire des habits pour un seul: le moyen qu'il n'y ait bien des gens qui manquent d'habits? Il y a dix hommes qui mangent le revenu des terres, contre un laboureur; le moyen qu'il n'y ait pas bien des gens qui manquent d'alimens. (Liv. 7, ch. 6).

. . . .

Quelques aumônes que l'on fait à un homme nu dans les rues, ne remplissent point les obligations de l'Etat, *qui doit à tous les citoyens une subsistance assurée, la nourriture, un vêtement convenable, et un genre de vie qui ne soit point contraire à la santé......*

Les richesses d'un Etat supposent beaucoup d'industrie. Il n'est pas possible que dans un si grand nombre de branches de commerce, il n'y en ait toujours quelqu'une qui souffre et dont par conséquent les ouvriers ne soient dans une nécessité momentanée. C'est pour lors que l'Etat a besoin d'apporter un prompt secours, soit pour empêcher le peuple de souffrir, soit pour éviter qu'il ne se révolte. (Liv. 23, ch. 29).

. . . .

Tout est perdu, lorsque la profession lucrative des traitans parvient encore par ses richesses à être une profession honorée. Cela peut être bon dans les Etats despotiques; cela n'est pas bon dans la république; et une chose pareille détruisit la république romaine. Cela n'est pas meilleur dans la monarchie; rien n'est plus contraire à l'esprit de ce gouvernement. Un dégoût saisit tous les autres états; l'honneur y perd toute sa considération : les moyens lents et naturels de se distinguer ne touchent plus ; et le gouvernement est frappé dans son principe. (Liv. 13, ch. 20).

Si l'esprit de commerce unit les nations, il n'unit pas de même les particuliers; nous voyons que dans les pays où l'on n'est affecté que de l'esprit de commerce, on trafique de toutes les actions humaines, et de toutes les vertus morales : les plus petites choses, celles que l'humanité demande, s'y font ou s'y donnent pour de l'argent. (Liv. 20, ch. 2).

NECKER.

Hélas! faut-il le dire? le temps presse peut-être pour entretenir les hommes du bien public, et pour fixer leur attention sur les rapports qui les unissent : chaque jour on s'isole davantage ; chaque jour, quelque lien se relâche, et chaque jour aussi l'esprit d'égoïsme fait un nouveau progrès. On est encore rallié par les vieux noms d'honneur et de patrie ; mais leur acception se resserre ; ils ne servent plus que de prétexte aux passions destructives. Enfin, puisque les vertus semblent avoir besoin d'un théâtre, il devient infiniment essentiel, que l'opinion publique excite les acteurs (*Necker : de l'Administration des finances.* (T. 3, p. 458).

Les impôts se paient très bien, dit-on : c'est-à-dire que l'argent arrive dans les caisses aux échéances fixées. A ce titre, le dernier des exacteurs deviendrait la lumière de l'administration ; car il serait le premier instruit du terme extrême de l'impuissance. Mais c'est l'état dans lequel se trouvent les contribuables après l'acquit des impôts, qui doit fixer les regards du gouvernement. Et cette connaissance, ce ne sont point les agens du fisc qui la donnent ; l'inquiétude même ne leur en appartient pas (*Id.* t. 1, p. 59).

C'est selon l'étendue de la portion imposée sur la classe la moins fortunée d'une nation, que le poids des tributs est surtout aggravant : les changemens qu'on apporte dans la distribution des contributions en modifient l'essence : en Angleterre la somme des taxes auxquelles le peuple participe immédiatement, est infiniment moins considérable qu'en France (*Id.* t. 1, p. 52).

. . . .

Il est sans doute des inégalités de fortune entre les citoyens, que les lois ne peuvent détruire, ni même attaquer, sans troubler l'ordre et arrêter le travail. Mais le souverain doit tempérer l'effet inévitable de ces premières institutions, en ménageant et en favorisant continuellement la classe de ses sujets la moins fortunée. (*Introduction*, p. 88.)

L'amour du peuple éloignera des corvées, parce que le faible est ainsi exposé à des abus d'autorité; et parce que la charge étant personnelle, le pauvre et le riche y participent également. (*Id.* p. 90.)

Partout et sans cesse, la main bienfaisante du souverain, s'occupera de la protection et de la défense de cette partie de ses sujets, dont la voix ne se fait jamais entendre à l'avance, et qui ne sait long-temps que bénir ou pleurer. (P. 92.)

Le nivellement des fortunes n'est pas au pouvoir du gouvernement; mais distributeur des impôts, il a des moyens pour adoucir le sort du peuple et le mettre en état d'élever ses enfans. (P. 218.)

. . . .

La classe de la société, dont le sort se trouve fixé par l'effet des lois sociales, reçoit impérieusement la loi des propriétaires, et est forcée de se contenter d'un salaire modique.

Il n'y a d'adoucissement à cette espèce d'esclavage, que dans les états, où il est laissé entre les mains du peuple , quelques droits politiques qui lui procurent des moyens de résistance. (*Administration des finances.* (Vol. 3, p. 93).

Sans doute, la plupart des inégalités de fortune ne peuvent être ni changées ni prévenues : mais le gouvernement doit s'abstenir d'augmenter lui-même ces disproportions (P. 104.)

Si les chefs du gouvernement viennent à bout de mieux répartir les impôts, ils s'opposent, selon leurs forces et par des moyens justes, à l'inégalité des fortunes. (P. 107.)

La répartition d'une grande partie des impôts, sur les objets de faste et de superfluité, est une disposition très sage ; puisque c'est un moyen propre à diminuer l'effet de l'inégalité des fortunes. (P. 113).

. . . .

Enfans de la même nature, quelle différence n'a pas mis entre les hommes, la législation sociale ? Il était indispensable de régler les propriétés et les héritages. Mais le gouvernement doit adoucir la rigueur des anciennes conventions, et tendre une main secourable à ceux qui ont besoin de protection contre les lois elles-mêmes.

Cette idée aussi bienfaisante que tutélaire sera présente à son esprit, dans la distribution des impôts et dans toutes les dispositions propres à prévenir la misère. (P. 161 et 162.)

La pitié réfléchie qui fixe son attention sur l'infortune ignorée, fait connaître à l'avance tous les effets inévitables, et du poids des impôts et de l'exercice rigoureux des droits de propriété. (P. 165.)

J'ai ailleurs invité à convertir les droits d'aides en un impôt territorial, et d'opérer une semblable mutation pour réduire sensiblement le prix des sels. (P. 168.)

. . . .

La question de la corvée en dernière analyse, n'est qu'un débat entre les pauvres et les riches. Nul doute donc que la corvée ne soit évidemment contraire aux intérêts de cette classe de vos sujets, vers lesquels la main bienfaisante de Votre Majesté doit sans cesse s'étendre, afin de tempérer autant qu'il est possible le joug impérieux de la propriété et de la richesse. (*Compte rendu de* 1781, p. 70.)

Un cri universel s'élève contre la gabelle, en même temps qu'elle est un des plus considérables revenus de votre royaume. J'ai désiré d'étudier cette matière à l'avance, afin que les heureux jours de la paix ne fussent pas employés comme autrefois à de vaines spéculations. (*Id.* p. 82.)

Nous ne parlons pas à Votre Majesté de la conversion de la gabelle en un autre impôt et du reculement des traites.

L'un et l'autre objet ne sont pas perdus de vue ; et le dernier doit avoir incessamment son effet. (*Compte rendu,* 1788, p. 10.)

SMITH.

Les nécessités de la vie occasionent les plus grandes dépenses des pauvres ; tant il leur est difficile de se procurer la subsistance. Aussi la taxe sur les maisons doit peser plus fortement sur les riches.

Ce n'est pas une chose déraisonnable que les riches contribuent aux dépenses publiques , non-seulement en proportion de leurs fortunes, mais encore plus que dans cette proportion. (*Smith* , tome 3, p. 284. 1783.)

Le tabac étant un objet de luxe, chacun en achète ou n'en achète pas, suivant qu'il lui plaît; mais le sel étant un objet de nécessité, chacun est contraint d'en acheter la même quantité......

Ceux qui considèrent le sang du peuple, comme n'étant d'aucun prix , en balance du revenu du prince, peuvent peut-être approuver cette méthode de lever les taxes. (*Id.*, p. 388.)

Les sujets de chaque état doivent contribuer au soutien du gouvernement, en raison de leurs facultés respectives; c'est-à-dire du *revenu net* dont ils jouissent sous la protection de l'Etat. (*Id.* , p. 255.)

. . . .

Les taxes sur les salaires occasionent généralement une baisse considérable dans la demande du travail. La déclinaison de l'industrie et la dimi-

(15)

nution du produit annuel en présentent les suites.
(*Id.*, p. 324.)

Une taxe sur les nécessités de la vie opère exactement comme une taxe sur les salaires. Il en est autrement des taxes sur les objets d'utilité, même pour le pauvre; c'est-à-dire du tabac, du thé, du sucre et des esprits. (P. 535.)

La capitation, quand elle est levée sur les plus bas rangs du peuple, n'est autre qu'une taxe sur les salaires. On en fait fréquemment usage dans les contrées où le bien-être des classes inférieures n'inspire aucune considération. (P. 333.)

Les taxes de capitation, si on essaie de les rendre égales, deviennent à la fois arbitraires et incertaines; et si on tente de les rendre certaines et non arbitraires, elles deviennent extrêmement inégales (P. 328.)

. . . .

Lorsqu'une taxe entrave l'industrie du peuple et l'empêche de se livrer à certains emplois, elle réduit ou même détruit une part des ressources qui soutenaient son existence et fournissaient la subsistance à d'autres. (P. 258.)

Les droits sur le vin, le café, le thé, le sucre, etc., etc., quoiqu'ils tombent quelquefois sur les pauvres, atteignent principalement les moyennes et les grandes fortunes. (P. 359.)

Sir Robert Walpole avait proposé une loi d'excise sur le vin et le tabac. Une faction, ralliée à l'intérêt des fraudeurs, éleva une clameur si

violente, quoique très injuste, contre son sys-
tème, qu'il n'osa pas le soutenir. (P. 358.)

. . . .

Les droits de douane et d'excise sont acquittés
d'une manière inégale : le prodigue y contribue
beaucoup plus que l'économe. (P. 370.)

La capacité de soutenir sa famille, au lieu
d'être atténuée par les taxes sur les objets d'agré-
ment et d'utilité, est fréquemment augmentée,
au moyen de la frugalité ainsi excitée. (P. 355.)

La politique de la Grande-Bretagne tend à diminuer, au moyen des taxes, la consommation
des esprits, comme tendante à ruiner la santé,
corrompre les mœurs. (P. 366.)

. . . .

Les planteurs se plaignent que le poids entier
des taxes tombe sur le producteur, attendu qu'ils
ne peuvent augmenter le prix en proportion. C'est
que le prix antérieur à la taxe était un prix de
monopole : leur argument prouve justement en
faveur de la taxe ; car le bénéfice des mono-
polistes est certainement le plus convenable à
taxer. (P. 569.)

Les taxes sur le transfert des propriétés quel-
conques, quand elles ne sont pas proportionnées
à la valeur du bien, sont extrêmement inégales.
(T. 3, p. 519.)

. . . .

Quant à la capitation de France, les classes
élevées sont taxées suivant leurs rangs, et les

classes inférieures d'après la présomption de leur fortune, au moyen d'une estimation annuelle. (P. 329.)

En abolissant la taille et la capitation en France, et en augmentant le nombre des vingtièmes, de sorte à obtenir une rentrée égale; à la fois le revenu de la couronne serait garanti ; les frais de perception seraient beaucoup diminués; la vexation des classes subalternes serait entièrement prévenue : et les rangs supérieurs ne seraient pas beaucoup plus chargés en général qu'ils ne le sont à présent.............

L'opposition élevée par l'intérêt privé est efficace jusqu'à présent, pour empêcher cette réformation. (P. 390, 391.)

SISMONDI.

Nous avons défini l'économie politique, la recherche des moyens par lesquels le plus grand nombre d'hommes, peut participer au plus haut degré de bien être. Deux élémens doivent être considérés ensemble, l'accroissement du bonheur en intensité, et sa diffusion entre toutes les classes.

On doit chercher la richesse, pourvu qu'elle profite à la population; et chercher la population, pourvu qu'elle participe à la richesse. C'est ainsi que l'économie politique devient la théorie de la bienfaisance, et que tout ce qui ne se rapporte pas au bonheur des hommes, n'appartient pas à cette science. (*Nouveaux principes d'économie politique, par M. de Sismondi.* Vol. 2, p. 250.)

Les économistes observaient avec raison que le gouvernement doit s'adresser en droiture à celui qui paiera l'impôt en dernier ressort. Car si cet impôt est payé par un citoyen qui est remboursé par un second, lequel est remboursé par un troisième ; non-seulement il y aura trois personnes au lieu d'une, incommodées par ce paiement, mais encore la troisième le sera d'autant plus grièvement, qu'elle devra dédommager les deux précédens du sacrifice de leurs avances. (P. 154.)

. . . .

La plus grande partie des frais de l'établissement social est destinée à défendre le riche contre le pauvre : parce que si on les laissait à leurs forces respectives, le premier ne tarderait pas à être dépouillé.

Il est donc juste que le riche contribue non-seulement en proportion de sa fortune, mais par delà même cette proportion : tout comme il est équitable de prendre plutôt sur son superflu que sur le nécessaire du pauvre. (P. 155.)

Le riche capitaliste, le riche commerçant, le riche fabricant, sont encore, s'il est possible, plus exposés à l'envie du pauvre, que les propriétaires ; un moment d'anarchie détruirait leur fortune. Ils sont par eux-mêmes ou par leurs agens et leurs débiteurs, tous en lutte avec les pauvres

qu'ils font travailler : ils sont aussi tenus à contribuer au-delà de la proportion de leurs revenus.
(P. 156.)

. . . .

Il est fort essentiel de ne point confondre avec
le revenu, et de ne point imposer, la partie du
produit brut, qui est consacrée au maintien des
travaux, ou consommée par l'entretien des hommes qui accomplissent ces travaux.

Malheur au gouvernement qui touche à cette
partie ! il sacrifie tout ensemble, et des vic-
times humaines et ses futures richesses. (P. 162.)

Tandis qu'on calcule la nourriture qui peut à
moins de frais conserver la vie, et la somme de
travail, qu'on peut exiger sans que les forces suc-
combent ; il y aurait de la dérision à demander
au pauvre ouvrier, de payer pour la jouissance
d'un ordre et d'une justice qui ne le protège pas,
ou d'un honneur national auquel il reste indiffé-
rent. (P. 164.)

S'il y a une partie du revenu national, à laquelle
le fisc ne doive pas toucher, de peur d'entamer
le fonds nécessaire pour le faire renaître, c'est
sans doute le salaire ou le revenu de ceux qui
vivent du travail.

Ce revenu, les ouvriers doivent le consommer
en se maintenant eux - mêmes, eux qui sont le
capital vivant de la nation. (P. 168.)

. . . .

C'est tout au plus, sur le dixième de sa dépense,

que le riche paie quelques droits de consómma-
tion ; et ces droits s'élèvent de plus en plus dans
leur proportion avec les revenus, à mesure qu'on
descend vers les classes les plus indigentes.
(P. 211.)

Déja la gabelle avait été signalée pour son inégalité et pour la détresse à laquelle elle réduisait
le pauvre. Ce prétendu impôt de consommation
n'est qu'une sorte de capitation égale pour tous ,
sans égard à la fortune. Le plus pauvre consomme
autant de sel que le plus riche : il prend sur son
plus étroit nécessaire pour l'acheter, une somme
que le riche aperçoit à peine dans son superflu.
(P. 213.)

. . . .

Gardons-nous de la dangereuse théorie de cet
équilibre qui se rétablit de lui-même : gardons-
nous de croire qu'en imposant les objets de première nécessité, si les pauvres en font l'avance,
les riches finiront par les rembourser. Un certain
équilibre se rétablit, il est vrai, à la longue; mais
c'est par une effroyable souffrance. (P. 220.)

Avant que cet équilibre soit rétabli, la morta-
lité aurait enlevé à la nation, plus de vies, que la
plus désastreuse campagne. C'est par ces moyens
terribles, que la balance politique se relève. Lorsqu'on descend des abstractions, on voit que le
redressement ne s'opère pas autrement. (P. 221.)

Chez le travailleur, la puissance reproductive
est la vie : s'il use, s'il perd sa vie, il s'anéantit un

capital national, nécessaire pour mettre en valeur le capital circulant, contre lequel l'usage même de cette vie doit être changé. (P. 258.)

. . . .

Les Romains appelèrent prolétaires, ceux qui n'avaient point de propriété ; comme s'ils n'étaient appelés qu'à avoir des enfans : *ad prolem gene- randam.* (P. 264.)

On a permis qu'il exista une classe dont l'ha- bitude fut de ne rien avoir, dont l'idée de richesse fut simplement d'exister : on a permis que sa sub- sistance fut mesurée si juste, que l'impôt ne pût rien en retrancher sans la compromettre. (P. 265.)

On a honte pour l'espèce humaine, de voir à quel point de dégradation, elle peut descendre, à quelle vie inférieure à celle des animaux, elle doit se soumettre : on est quelquefois tenté de maudire la division du travail et l'invention des manufactures, en voyant à quoi elles ont ré- duit des êtres qui furent créés nos semblables. (P. 513.)

Quoi donc, la richesse est tout et les hommes ne sont absolument rien? Quoi donc, la richesse elle-même n'est quelque chose que par rapport aux impôts? En vérité, il ne reste plus qu'à dési- rer que le roi d'Angleterre demeuré, tout seul dans son île, en tournant constamment une mani- velle, fasse accomplir tout l'ouvrage par des automates. (P. 331.)

MALLET et BEAUMONT.

Celui qui a proposé le premier de faire payer deux deniers par minot de sel, n'a pas été regardé comme un homme qui voulut ôter aux autres la matière la plus nécessaire à leur subsistance particulière, à celle de leurs enfans, à la croissance des bestiaux et à la culture des terres.

Ces deux deniers furent considérés comme très petit objet dans leur commencement, et se sont élevés peu à peu jusqu'à dix, vingt et trente livres le minot : de sorte que l'impôt est devenu insupportable. (*Comptes rendus depuis le règne d'Henri IV, par M. Mallet, premier commis des finances, sous M. Desmaretz de 1708 à 1715*, p. 24.)

On doit observer à l'égard des droits mis sur les denrées consommables, que le laboureur, le vigneron, l'artisan, l'ouvrier, en un mot le peuple, est celui qui en fait le plus d'usage ;

Que c'est sur lui, par conséquent, que les droits tombent le plus ; et que n'étant pas en état d'acheter les denrées nécessaires, lorsque les droits excèdent le prix de la denrée, comme pour le sel et le vin, il est forcé de se réduire à une nourriture faible ; et que c'est un grand malheur pour l'état, lorsque les laboureurs et les artisans n'ont pas le moyen de se nourrir eux et leurs enfans. (*Id.* p. 27.)

Tout paie : et pour peu qu'on réfléchisse sur la

qualité et quantité des droits établis, on ne pourra s'empêcher de convenir que ceux qui en ont été les auteurs, ont voulu pour ainsi dire, punir la nature des dons qu'elle nous a fait; et qu'ils ont risqué de rendre la terre inculte en fatigant par différens impôts, ces malheureux qui épargnent aux autres hommes la peine de labourer, de semer et de recueillir. (*Id.* p. 26.)

. . . .

Les habitans des campagnes, étant accablés par le paiement des tailles et gabelles, et ayant peu d'intérêts au paiement des rentes dues par le roi, c'est au riche possesseur de biens-fonds, à venir au secours de l'état pour opérer sa libération. Tels furent les motifs qui déterminèrent le gouvernement à adopter pour douze années, l'établissement du cinquantième du produit des terres, maisons et biens-fonds.

Comme ce n'est point la qualité des personnes, mais la quantité du bien, qui doit fournir ce secours, il ne portera que sur ceux qui auront le moyen d'y contribuer; et ce seront eux qui retireront tout le fruit de cette mesure, par l'abaissement de l'intérêt et l'abondance de l'argent. (P. 423.)

Une partie des impôts étant ainsi payée sous le nom de vingtièmes, il reste à répartir environ les deux cinquièmes, sous la forme de capitation.

Comment les répartir? on peut suivre la routine ordinaire. On peut les répartir, au marc la livre des vingtièmes.

Les nobles, les privilégiés, se trouveront foulés par le mode proposé : nous en convenons ; mais la classe la plus pauvre sera soulagée, et nous pensons que c'est une justice à lui rendre.

Nous allons plus loin, et nous disons que la répartition au marc la livre ne rétablirait pas assez la justice, l'égalité proportionnelle.

Voici notre plan. Nous le puisons dans les lois anciennes, qui toutes portent que le fort supportera le faible et que l'un paiera pour l'autre.

La loi nouvelle autoriserait une échelle de proportion, d'après laquelle ceux qui paient trois mille livres de vingtièmes et au-delà, paieraient pour capitation, jusqu'à 30 et 40 sous et même 3 livres par livre de vingtièmes.

Depuis 1,000 livres jusqu'à 3,000 liv. de vingtièmes, on paierait pour capitation, 20, 25 et même 30 sous par livre de vingtièmes.

De 900 à 1,000 livres de vingtièmes, on paierait pour capitation, 19 sous par livre.

800 livres de vingtièmes, contribueraient à la capitation, à raison de 18 sous par livre.

700 livres y contribueraient de 17 sous.

500 livres y contribueraient de 15 sous.

300 livres y contribueraient de 12 sous.

100 livres y contribueraient de 8 sous.

40 livres y contribueraient de 1 sou.

20 livres y contribueraient de 6 deniers.

Au-dessous de 20 livres, personne n'y contribuerait.

L'échelle peut manquer d'exactitude : nous n'insistons que sur la justice d'une proportion, en juste rapport avec les revenus totaux de chaque contribuable. (*Mémoires concernant les impositions et droits par M. Moreau de Beaumont, conseiller d'état, président du comité du contentieux, t. 5, p. 252*).

ANCIENS IMPOTS.

En Angleterre, la taxe est à trois schellings pour chaque maison ; et de plus, d'un schelling par fenêtre pour les maisons au-dessus de sept fenêtres ; d'un schelling et demi par fenêtre pour les maisons au-dessus de douze fenêtres. (*Mémoire sur les Impositions*, tome 1, p. 7.)

En Suède, un impôt destiné à la caisse d'amortissement est établi ainsi qu'il suit :

Les nobles et prêtres, suivant leurs biens, depuis 15 écus jusqu'à 32 sous, valant un demi-écu ; leurs valets et servantes, à 16 sous.

Les paysans, chefs de famille, 21 sous ; leurs valets, 16 sous ; leurs servantes, 4 sous. (P. 20.)

En Bohême, l'impôt dénommé d'amortissement, est une espèce de capitation qui se paie en vingt-quatre classes :

La première classe paie par tête 15 kreutzers, valant 14 sous.

La sixième classe paie deux florins, valant 4 livres 10 sous.

Les neuf classes supérieures, de 10 mille à 80 mille florins de revenu, paient un peu plus que le dixième. (P. 58.)

En Silésie, les biens fonds ecclésiastiques et nobles sont taxés, suivant un cadastre récent, de 30 à 40 pour 100 du revenu, et les biens roturiers à 55 pour 100. (P. 79.)

En Saxe, la capitation a été restreinte, en 1765, aux propriétaires d'offices, civils et militaires. (P. 83.)

En Hollande, ceux qui tiennent quatre vaches, peuvent aller chercher un demi-sac de sel, et, pour un plus grand nombre, dans la même proportion. (P. 141.)

En Hollande, les successions collatérales et les donations à des collatéraux, paient depuis 5 jusqu'à 30 pour 100, suivant le degré de parenté.

Les avantages entre conjoints sont sujets au quinzième denier, et les successions des descendans aux ascendans paient le vingtième.

Pour les testamens, le timbre est proportionné à la fortune, et coûte depuis 3 sous la feuille jusqu'à 300 florins (630 francs). (P. 146.)

A Gênes, la capitation est déterminée par l'état de maison et le genre d'emploi. (P. 207.)

A Naples, on délivre aux propriétaires de bestiaux la quantité de sel nécessaire pour la nourriture et le salage, à raison de 4 carlins par tomolo, au lieu de 25 carlins. (P. 263 et 283.)

Aux Etats-Unis, la taxe sur les maisons, établie en 1798, était assise d'après l'évaluation du capital, savoir :

Pour les maisons au-dessus de 50,000 dollars, 1 pour 100 sur l'évaluation, et en diminuant progressivement jusqu'aux maisons valant 500 dolars, qui ne payaient que trois dixièmes pour 100. (*A Statisticul wiew : by Pitkin.*)

En Angleterre, l'income tax, pendant la dernière guerre, exemptait les fortunes au-dessous de 200 livres sterlings, et n'exigeait que la moitié de la taxe, jusqu'à 500 livres sterlings de revenu.

En France, la taille était perçue en quatre classes : celle des journaliers, des commerçans, des fermiers et des propriétaires cultivateurs.

La cote était établie pour les premiers sur le pied courant de la journée et à raison seulement de 200 journées de travail par an. (*M. Moreau de de Beaumont, t.* 2, *p.* 65.)

La capitation fut établie en 1695. Elle était répartie en 22 classes ; afin que le poids de cette imposition fut porté par chaque individu, dans la proportion assignée à sa classe.

» Les taillables dont les cotes étaient au-dessous de 40 sous, en furent exemptés.

La première classe fut taxée à 2000 livres, la seconde à 1500 livres, la troisième à 1000 livres et ainsi des autres. (*Id., p.* 264.)

En 1695, une capitation fut établie. On divisa les contribuables en vingt-deux classes, dont la première était taxée à 2000 livres, la seconde à 1500 liv. et ainsi de suite, jusqu'à la dernière taxée à 10 sous (*Histoire financière de la France* par M. Bailly).

Dans la capitation de Paris, il y avait vingt classes, dont la première était taxée à 150 francs, la dixième à 50 francs, la vingtième à 20 sous seulement.

On évaluait les voitures et maisons de campagne, les commis, garçons et ouvriers : on portait les célibataires à un taux supérieur (*M. Moreau de Beaumont*).

L'impôt de la gabelle, le plus funeste de tous, était aux yeux de Colbert, une source de calamités pour les peuples, et de privations pour l'agriculture. Il en fit réduire le taux, à plusieurs reprises. (*M. Bailly*).

Suivant le plan proposé par M. de Calonne à l'assemblée des notables, les quantités de sels étaient fixées d'après la consommation actuelle.

La répartition en était faite entre les districts et les paroisses, en raison combinée de la population et de la *richesse*.

Les paroisses en répartissaient le montant, de façon que le pauvre ne se trouva imposé que dans une *proportion modique*, en comparaison de celle du citoyen aisé. (*Id.*)

Le clergé de France a sagement profité de ses

moyens d'administration pour adopter une forme
de répartition, où les principes d'équité sont encore mieux observés. C'est dans une vue digne
d'éloge, qu'il a partagé ses contribuables'en huit
classes, et qu'il a fixé des règles de proportion
différentes, pour les bénéfices compris dans chaque classe :

Les bénéfices de la première classe, qui n'exi-
gent pas résidence, sont taxés à raison du quart
de leur valeur imposable.

Les bénéfices de la seconde classe, qui est
composée des évêchés, abbayes, canonicats et
cures les plus considérables en revenu, contribuent à raison d'un sixième.

Et ainsi de suite, en dégradant jusqu'à la dernière qui n'est imposée qu'à raison d'un vingt-quatrième. (*M. Necker*, *t.* 2, *p.* 314.)

Suivant la loi de 1791, un loyer de 100 fr., indiquait un revenu double ; de 150 fr., un revenu
triple ; de 500 fr., un revenu quadruple ; et ainsi
de suite : de sorte qu'un loyer de 12,000 fr., mul-
tiplié par 12 1/2, indiquait 150,000 fr. de revenu.
La cote mobilière était le vingtième du revenu.
(*Rapport sur les recettes de 1822.*)

Après la citation de ces autorités, il n'appartient que d'en offrir le résumé.

RESPECT DU NÉCESSAIRE.

Montesquieu. Avant toutes les lois, sont celles de la nature, qui dérivent de la constitution de notre être....

On jugea que *chacun avait un nécessaire physique égal*, qui ne devait point être taxé....

Les richesses particulières ayant ôté à une partie des citoyens, le nécessaire physique; il faut qu'il leur soit rendu....

L'état doit à tous les citoyens, une subsistance assurée, un vêtement convenable.

Necker. Le poids des tributs dépend *de la portion imposée sur la classe la moins fortunée*....

Distributeur des impôts, l'Etat a des moyens pour adoucir le sort du peuple....

La pitié réfléchie fait connaître les effets inévitables, et du poids des impôts et de l'exercice rigoureux des droits de propriété....

La main bienfaisante du roi doit sans cesse s'étendre, afin de tempérer *le joug impérieux de la propriété et de la richesse*....

Smith. Il est infiniment difficile aux pauvres, de se procurer la subsistance....

Les taxes sur les salaires, ou sur les nécessités,

ou sous forme de capitation, opèrent en la même façon.

On en fait fréquemment usage dans les contrées *où le bien-être des classes inférieures n'inspire aucune considération....*

Ceux qui considèrent le sang du peuple d'aucun, prix peuvent peut-être approuver les taxes sur les nécessités.

Sismondi. Malheur au gouvernement qui touche à la partie du produit brut, consommée par l'entretien des hommes....

Les travailleurs doivent la consommer en se maintenant, *eux qui sont le capital vivant de la nation....*

La puissance reproductive, c'est la vie : si la vie s'use ou se perd, il s'anéantit un capital nécessaire pour mettre en valeur le capital circulant....

La subsistance est mesurée si juste, que l'impôt ne peut en rien retrancher sans la compromettre.

Mallet. C'est un grand malheur pour l'Etat, lorsque les travailleurs n'ont pas le moyen de se nourrir, eux et leurs enfans.

Il semble *qu'on ait voulu rendre la terre inculte,* en fatigant les laboureurs, par divers impôts.

Beaumont. Suivant notre plan, la classe la plus pauvre sera soulagée : c'est une justice....

Toutes nos lois ordonnent que le fort supportera le faible, et que l'un paiera pour l'autre.

SUBSIDE PROGRESSIF.

MONTESQUIEU. Dans l'impôt de la personne, *la proportion injuste* serait celle qui suivrait la proportion des biens....

La taxe était juste : si elle ne suivait pas la proportion des biens, *elle suivait la proportion des besoins....*

On jugea que l'utile devait être taxé, *mais moins que le superflu;* et que la grandeur de la taxe empêchait le superflu....

NECKER. Le clergé de France a adopté **une** forme de répartition *conforme aux principes d'équité,* en partageant ses contribuables en huit classes....

Le vice des corvées consiste en ce que la charge est égale pour le pauvre et le riche...,.

Le nivellement des fortunes n'est pas au pouvoir du gouvernement : mais en répartissant mieux les impôts, il *s'oppose* par des moyens justes, à leur inégalité.

Les taxes sur les objets de luxe, sont très sages, puisque c'est un moyen de *diminuer l'effet de l'inégalité des fortunes.*

SMITH. C'est une chose raisonnable que les riches contribuent, *plus qu'en proportion de leur fortune....*

Les sujets doivent contribuer en proportion de

leurs facultés respectives, c'est-à-dire, *du revenu net dont ils jouissent....*

Dans la capitation de France les classes sont taxées suivant leur rang, ou d'après leur fortune.

Sismondi. La plus grande partie des dépenses sociales, étant destinée à défendre le riche contre le pauvre, il est juste que *le riche contribue par delà la proportion de sa fortune....*

Il est équitable de prendre plutôt sur le superflu du riche, que sur le nécessaire du pauvre....

Chez les Romains, le mot *prolétaires* signifiait *qu'ils n'étaient appelés qu'à avoir des enfans.*

Beaumont. On paierait ainsi sur 3000 livres de vingtièmes, jusqu'à trois livres par livre, pour la capitation;

Et sur 1,000 livres, 20 sous de capitation par livre;

Sur 500 livres, on paierait 15 sous par livre;

Sur 100 livres, on paierait 8 sous par livre;

Au-dessous de 20 livres de vingtièmes, on ne paierait rien.

Anciens impôts. En Suède et en Bohème, la capitation était réglée, là de 15 écus à 1/4 d'écu; ici de 1,000 florins à 1/3 de florin....

Aux Etats-Unis, la taxe sur les maisons s'élevait de 3 dixièmes à un pour o/o du capital, suivant leur valeur....

En Angleterre, l'impôt locatif haussait de taux, suivant le nombre des fenêtres....

L'*incôme tax* exemptait les fortunes au-dessous de 200 l. s., et n'exigeait que moitié jusqu'à 500 l. s.

En France, la capitation était répartie en vingt-deux classes, de 2,000 francs à 10 sous, et ne portait point sur les taillables à 40 sous....

Sous la Constituante, l'impôt mobilier se percevait au vingtième, sur le revenu estimé en progression du loyer....

Les membres du clergé contribuaient suivant le taux de leur revenu, du quart au vingt-quatrième.

IMPOTS DIVERS.

MONTESQUIEU. Les particuliers cherchent à ravir tous les avantages de la société : ce qui fait entre eux, *un état de guerre....*

S'il n'y a pas de rapport entre le prix et le droit, le prince ôte l'illusion à ses sujets ; *ce qui leur fait sentir leur servitude au dernier point....*

L'esprit de commerce désunit les particuliers : sous son empire, on trafique de toutes les actions humaines....

NECKER. C'est l'état des contribuables, après l'acquit des contributions, qui doit fixer les regards....

En Angleterre, les taxes payées par le peuple, sont infiniment moins considérables qu'en France...

La classe inférieure *reçoit impérieusement la loi,* et est forcée de se contenter d'un salaire modique.

L'idée d'adoucir la rigueur des anciennes conventions, doit être présente à l'esprit dans la distribution des impôts....

J'ai ailleurs invité à convertir les droits d'aide et de gabelle en nu impôt territorial....

Je ne perds pas de vue *la conversion de la gabelle en un autre impôt....*

L'ignorance et l'imprévoyance des propriétaires est le principal obstacle à l'augmentation de l'impôt foncier.

SMITH. Les nécessités de la vie occasionent les plus grandes dépenses des pauvres....

Lorsqu'une taxe empêche certains emplois, elle réduit ou détruit les moyens de subsistance.

Les taxes de capitation, ou sur les nécessités, sur les salaires, en cessant d'être arbitraires, *deviennent extrêmement inégales....*

Les taxes sur les transactions, si elles ne sont pas proportionnées à la valeur des biens, *sont extrêmement inégales....*

En France, *l'intérêt privé s'oppose seul,* à ce qu'on abolisse la taille et la capitation, en augmentant le nombre des vingtièmes.

SISMONDI. C'est tout au plus, *sur le dixième de sa dépense,* que le riche paie quelques droits de consommation....

Ces droits s'élèvent de plus en plus en proportion des moyens, *d'autant que les classes sont indigentes....*

La gabelle, *ce prétendu impôt de consommation,* n'est qu'une sorte de capitation: le plus pauvre prend sur son nécessaire pour l'acquitter.

La contribution foncière fait participer le fisc

au revenu du seul propriétaire : et elle n'affecte en général que ce revenu (p. 190).

MALLET. Les droits sur les denrées frappent surtout le peuple qui en fait le plus d'usage....

A l'origine de l'impôt du sel, il ne semblait pas ôter aux hommes, *la matière nécessaire à leur subsistance, et à l'engrais des bestiaux, des terres.*

Le peuple ayant peu d'intérêt au paiement des rentes, *c'est aux propriétaires à venir au secours de la libération de l'Etat*, dont ils profiteront seuls.

Ce motif détermina à établir l'impôt du cinquantième, sur tous les biens fonds.. .

ANCIENS IMPOTS. En Hollande, les successions et donations paient depuis cinq jusqu'à trente pour cent, suivant la parenté.

En Hollande et à Naples, une certaine quantité de sels est distribuée pour les bestiaux....

L'impôt de la gabelle était aux yeux de Colbert, *une source de calamités pour les peuples et de privations pour l'agriculture....*

M. de Calonne proposait de répartir la taxe du sel, en *raison combinée de la population et de la richesse*, et d'imposer les pauvres, *dans une proportion modique*, vis-à-vis les gens aisés.

Or, maintenant, il apparaîtra, si c'était qu'on ne voulait pas écouter, ou qu'on ne savait pas entendre, les paroles de celui qui de tout temps

(57)

et presque seul, soutient *les droits de l'homme*, et défend *la cause humaine* (1);

Voilà que parlent en son lieu, des hommes que leur renom oblige à écouter, et dont le style est facile à entendre.

Montesquieu, gentilhomme et président au parlement, dévoué aux intérêts de la monarchie, imbu des principes de l'aristocratie.

Et *Necker*, d'abord commis, puis banquier, enfin ministre, offrant le double caractère de s'être élevé par ses talens et de posséder des richesses immenses.

Celui-là qui représente l'ancien régime, comme celui-ci représente le nouveau régime.

De plus, *Smith*, contrôleur en chef des douanes d'Ecosse, créateur de la science économique, sous le rapport politique de la richesse des nations.

Et *Sismondi*, auteur d'excellens ouvrages historiques, créateur de la science économique, sous le rapport moral du bien être des peuples.

L'un qui ne considère l'homme qu'en vue de la société, comme l'autre ne considère la société qu'en vue de l'homme.

Enfin *Mallet*, premier commis des finances pendant trente ans, et sous le ministère du trop fameux Desmarestz;

Et *Beaumont*, conseiller d'état, président du comité du contentieux, sous Louis XV et Louis XVI.

Tous deux qui, confinés dans leurs bureaux, semblaient devoir être sourds au cri de la justice, de l'humanité.

S'ils s'expriment avec réserve, s'ils ne traitent

____

(1) Deux journaux, en faisant mention de l'écrit intitulé : *La cause humaine*, ont trouvé le mot bizarre, c'est-à-dire, étrange, c'est-à dire nouveau.

Tant pis mille fois ! ! !

pas le sujet à fond, cela provient de ce que dans ces temps, il n'y avait point de chance d'obtenir la réalisation de leurs vœux.

Cela même, manifeste combien ils étaient impérieusement dominés par le sentiment et la pensée ; alors qu'ils proclamaient des principes sans espoir d'être utiles, et non sans risque de se nuire.

On voit aussi quelle est la force de la vérité ; en observant que certains impôts ont été jadis, comme à l'insu des gouvernemens, établis suivant le mode d'équité.

On le voit encore, en se rappelant les aveux échappés, pour ainsi dire, à des personnes remarquables, dont il est cité quelques exemples (1).

Delà, sauf à renier les leçons et les exemples, il faut reconnaître deux maximes, dont l'expression réduite aux plus simples termes, est empruntée à Montesquieu.

« Le nécessaire point taxé ; l'utile taxé, mais moins que le superflu. »

Ces maximes sacramentelles sont alliées et mariées dans la pensée du génie, comme elles le sont dans la nature des choses.

Il n'y a moyen d'exempter le nécessaire, qu'en taxant l'utile en sa totalité, qu'en surtaxant le superflu d'après son extension.

Même, dans l'ordre actuel, où ces prescriptions manquent à être remplies ; non-seulement le nécessaire est taxé, mais encore il est surtaxé.

C'est-à-dire, que les charges fiscales, sans par-

---

(1) Il n'y a pas de proportion possible à établir, entre être privé du nécessaire, ou d'une partie de l'excédent de son nécessaire. (M. Fiévée : *Session de* 1825, p. 391.)

La part du nécessaire proportionné à chaque condition une fois faite, l'impôt est un très bon placement. (*M. Rémusat*, 20 janvier 1832.)

ler des faux frais, ne sont point proportionnelles, entre les revenus consommés pour la subsistance, et les revenus consumés par les jouissances.

C'est-à-dire, qu'au lieu que l'impôt devrait être progressif, en raison de l'élévation du produit net, ou de la rente ; il est progressif à rebours ou rétrogressif, en raison de l'abaissement du produit brut ou de la rentrée.

On est bien loin de réclamer la progressibilité de l'impôt : on est même loin d'obtenir la proportionalité.

On n'a encore qu'à combattre la rétrogressibilité existante dans le plus grand nombre des impôts :

Les tarifs fixes, qui frappent du millième au dixième, sur le riche et le pauvre ;

Les droits fixes sur les boissons, qui pèsent dans le rapport de 10 à 1, suivant l'infériorité des prix;

Le port des lettres qui emporte tour à tour la valeur d'une journée ou d'une minute du revenu.

Les portes et fenêtres, qui laissent ici toute liberté, et là, condamnent à se priver d'air et de jour;

L'impôt personnel qui s'acquitte, tantôt avec les reliefs, tantôt sur le principal du repas;

L'impôt mobilier qui tend d'un bord à réduire, et de l'autre à compromettre le prix du loyer;

L'impôt foncier qui prive d'une vaine dépense ou rogne le dernier morceau de pain;

La taxe du sel qui est de plus en plus insensible et sensible, de l'opulence à l'indigence ; qui même, est d'autant plus intense, suivant la nature grossière des alimens.

Pour le moment, il y a seulement à supplier que les rentrées, à mesure qu'elles déclinent en somme, ne soient pas taxées et surtaxées en une progression ascendante.

Ensuite, il y aura à solliciter, qu'entre la modi-

cité et l'exhorbitance des rentrées, l'impôt se re-
partisse proportionnellement sur le chiffre divers.

Enfin, il y aura à demander, qu'à raison de
l'élévation des rentrées et de l'extension du revenu net, l'impôt s'applique au-dessus du taux pro-
portionnel, et à un taux de plus en plus progressif.

Or, marchons-nous vers cette fin suprême ?

Il faut en croire un savant orateur qui, devan-
çant les temps actuels de trois années et plus, a
parfaitement rempli la tâche d'exposer les faits
qui commandent, comme aussi d'expliquer les
causes qui s'opposent.

Grâce à son dévoûment, rien ne manque désor-
mais ; sauf toutefois que le bienheureux 1832 ne
veuille pas ce qu'il peut, quand l'infortuné 1829
voulait ce qu'il ne pouvait.

« Depuis 1818 jusqu'à 1828, les contributions qui
pèsent sur les industries et les consommations, se sont
accrues de 116 millions.

« Dans ce même laps de temps, les contributions di-
rectes et foncières ont été dégrevées de 52 millions.

« Lorsque la charte a voulu que les seuls propriétaires eussent les droits politiques, elle a pensé qu'elle
confiait la puissance à des hommes intéressés au maintien
de l'ordre.

« Mais ces hommes intéressés avant tout à l'accroissement de leur bien-être personnel, ne peuvent-ils pas
s'aveugler au point de favoriser les progrès de leur fortune, aux dépens du reste de la société ?

« Je ne crains pas de montrer *cette turpitude* au grand
jour, devant la chambre actuelle ; parce que, j'aime à
le penser, vous réprouvez d'aussi bas sentimens, et *cette
insolente cupidité.*» (*M. Charles Dupin* : 16 mai 1829.)

A. PIHAN DELAFOREST,
IMPRIMEUR DE LA COUR DE CASSATION,
rue des Noyers, n° 37.

www.ingramcontent.com/pod-product-compliance
Ingram Content Group UK Ltd.
Pitfield, Milton Keynes, MK11 3LW, UK
UKHW031742170726
13836UKWH00002B/833